声の影

岩木誠一郎

思潮社

声の影　目次

装画　矢野静明
装幀　思潮社装幀室

声の影

銀河まで

遠い夏
満天の星を見上げて
わたしたちは星座の名を言い合った
はくちょう　こと　ペルセウス
おおいぬ　さそり　ケンタウルス
それがほんとうはどこにあるのか
ふたりとも知らなかったけれど

あまのがわ
ひたいに触れそうなほど近い
ひかりの帯のどこかに
帰る場所があるような気がして
黙りこんだとき
視えない船は出発していたのだろうか

どこまでもゆけるのではなく
どこまでもゆく
うしろすがたがちいさくなって
星がひとつ燃え墜ちる

今も夏が来るたび
星のないまちの夜空を見上げながら
船の影をさがしている
銀河まで
ひかりよりも速く進んでいるはずの

声の影

外でだれかがしゃべっている
寝ようとして
布団に入ったばかりの耳に
それは届く
低く聞きとりにくく
何を言っているのかわからないが
なんだか

差しせまった口調だ

相手の返事がないのは
一方的な話なのか
ひとりごとなのか
それとも
わたしが忘れている約束を
思い出させるために
窓のむこうから
呼びかけているのだろうか

考えているうち
おちるねむりに

月のひかりが射して
こごるように生まれる
声の影を
胸のあたりに抱えたまま
遠く
朝まで運んでゆく

夏空

開けてはいけないと言われたのに
どうしても気になって
箱の中身も
障子や扉のむこうも
見てしまうことになるのだが

知らない方がよかった
という結末は

胸のうちにしまったまま
今朝も
カーテンをひらく

街並のうえに
夏空がひろがっている
まぶしさに顔をしかめながら
まだそこにあるものをたしかめる

雲がひとつ
ゆっくりと動いてゆく
遠くで
だれかを呼ぶ声がする

夜明け前のまちを

夜明け前のまちを
通り過ぎる列車の
窓に映るものは
点滅する信号も星も
聳え立つビルの影も
触れることのできないまま残像となる

かつてこのあたりは
海だったらしい
とほうもない時間の果ての
つめたさを想っていると
街並は
水底に沈んでいるようだ

コンビニの
眠らない灯りがともっている
竜宮城というものがあるとしたら
このようなあかるさだろうか
扉を開けるたび
まぶしい声を浴びて

夜明け前のまちを過ぎて
列車は鉄橋にさしかかる
告げられる駅の名は
くらいひびきにかき消され
空の色が
変わりはじめている

もうひとつの空

空の色がちがう
そんなことばで
祖国への想いを語っているひとがいる
たどり着いたまちで
何年もタクシーに乗っているという

市場や白い壁の家
街角の看板には
読めない文字が並んでいるけれど

次々と画面に映る風景は
なつかしいものばかりだ

どこから来たのか
どうしてなのか
大切なことは
いつも聞き逃してしまう

帰れるものならとつぶやいて
しずかに笑う横顔は
もうひとつの空を見ているのだろう
海を渡ろうとする鳥たちが
いっせいに羽ばたきをはじめる季節だ

記憶のまちまで

列車は海沿いに走っている
風にあらがって飛ぶ海鳥たちが
くりかえし視界を横切って
いつか見た風景の
残像となってゆく

記憶とは何か
たどり着けないところから

くらい浪が打ち寄せ
防波堤を越えるしぶきが
窓ガラスを濡らす

使われなくなった小屋が
浜辺で朽ちかけている
低い雲が
はるか沖合までつづいている

警笛が鳴り
トンネルにさしかかる
出口のむこうでは季節が
進みはじめているらしい

遠い合図

海に向かう坂道を下りてゆく
絵葉書や写真で
何度も見た風景だが
うまく馴染むことができない

足を止めてふりかえると
さきほどすれちがったひとの

背なかが小さくなって
空に近づいている

はじまり
と思っていたものは
終わりでもあるのだろうか

日射しを浴びた水の
まぶしさの方へ
もう一度歩き出すとき
わたしはどこにでもいて
どこにもいない

白い鳥が
視界をかすめて飛び去ってゆく

季節のはじまり
あるいは終わりが
遠く合図されている

夏の果て

日が傾くと
潮の匂いが強くなる
波打ち際の
濡れた砂のうえで
むすうの泡がひかりを
映しては消えてゆく

それだけのことを
ただ眺めていると
流れ着いたのか
たどり着いたのか
どちらでも
かまわないように思えてくる

ふりかえると
海辺のちいさなまちに
灯りがともりはじめるところだ
さきほど耳にしたばかりの
消息について考えながら
廃線になったはずの列車が

走り去るのを見送っている

どこへ向かうのだろうか
鉄橋のあたりを
通り過ぎるとき
季節の
終わりを告げる音が
星空の方から降って来る

光年

すでに燃え尽きた星のひかりを
見ていることもあるのだという
光年とは
距離なのか時間なのか
わからなくなってくる

それから語られた
ものがたりのあいだ

考えていたのは
とほうもなく遠くへ
進んでゆくさびしさについてだ

プラネタリウムを出て
駅までの道を歩きながら
空気が
つめたくなったことに気づく

帰り着いて
部屋の灯りをつけるときも
まだ
耳の奥で声がひびいている

降りてゆく

駅に着いて
路線図を見上げる
出合っては別れてゆく
色とりどりのラインを
たどりながら目的地をさがす
思ったより遠く
乗り換えの必要なところに

それはある

切符を買い
ホームに向かおうとしたとき
とつぜん
古い映画の場面がよみがえる
逃げてゆく男が
改札を飛び越え
扉の閉まりかけた地下鉄に走り込むと
肩で息をするのだ

追いかけるものは
少しずつ

背なかに迫っているだろう
だからどうした
という顔で
くらいひびきが聞こえてくる方へ
ゆっくり
降りてゆく

秋の出口

促されて
森への道を歩いてゆく
背なかに向けられているのが
ほんとうは何かもわからないまま

くさむらでは
いっせいに虫が鳴いている

昇りはじめた月の高さで
発せられなかった叫びが凍りつく

どこでまちがえてしまったのか
こたえのない問いをくりかえす
近づいてくる影に呑み込まれた者は
戻って来ないと知っている

かすかに
壁を叩くような音がする
むこうでも
さがしている

焚火

森のむこうから
おおきな月が昇る
まちがえてしまったのは
もうわかっている

逃れて来た者も
どこかへ向かおうとする者も

焚火を囲んで
なかば影のなかにいて

薪の爆ぜる音
煮え立つスープの匂い
風に乗って
かすかに獣たちの気配も届く

炎はたえまなく
揺れつづけている
生きることへの
思いがつよくなる

いっしんに見つめる瞳に映るのは
記憶のかけらだろうか
そこに美しい日々が
あったような気がするのだが

あたらしい季節

雨の駅前通り
うつくしい季節は過ぎ去り
うつむきがちに歩く日々の
向かうさきにあるのは
はじまりなのか終わりなのか
こたえのない問いかけを
濡れた靴音のなかに聴いている

閉ざされた窓のむこうに
ともっていたはずの灯りが
ときおり水たまりに映る
のぞきこんだりしないよう
気をつけながら足をはこぶ
遠い時のすきまにとらわれ
戻れなくなることもあるという

コートの内側までしみてくる
つめたさがわずかに
つなぎとめているのだろうか
厚い雲に覆われた空が

晴れていたころの記憶を
風が吹きぬけるたび
極点に立つ旗のようにおどるものがある

夏の終わり

青空の奥でガラスが割れる
地下鉄の駅を出たとき
耳にした音の
まぶしさに目を細めながら
しろいビルの前を通過する
降りそそぐひかりのなかに

はじまろうとするものをさがして
蜻蛉たちが飛ぶ高さまで
声を吊り上げたまま
静止するクレーンの

鉤先から冷えてゆくまちに
むすうのかけらは降りつもり
視えない傷口と
聴こえない痛みのために
ゆうぐれを急ぐものがある

やがて
明滅する器となるための

支度に追われるころ
古い時計店の前に佇むポストに
差出人のない手紙が投函される

傘のないまち

駅に近いビルの入口で
雨のまちを見ている
日暮れにはまだ早い時刻だが
あたりはすっかり暗くなっている
予報では
夜半まで降りつづくらしい

さきほどまで
冷めたコーヒーをすすりながら
座りごこちのわるいシートのうえで
何度も腕時計に目をやっていたのだが
約束をしたひととは
とうとう会えなかった

からだの
奥のほうで
つめたいちからがはたらいて
足を踏み出すと
たちまちずぶ濡れになる

電車は遅れて来るだろう
風も加わり
はげしさを増す雨のなか
街灯がひとつ
消えかけている

天使の梯子

降りしきる雨を口実に
居酒屋とバーを何軒か
記憶のすみずみまで浸るほど
飲みつづけたことがある

どこで一緒になったのか
隣に座るそのひとは
大切そうにグラスを両手でつつみ

酔ってないわよとくりかえした

外に出たときには
すっかり夜が明けていて
雲の切れ間からいくすじか
ひかりが射してくるところだ

天使の梯子　と言おうとして
見回すとだれもいない
ハシゴの天使
だったのかもしれない

＊天使の梯子――雲の切れ間から射してくる光が柱状に見える現象。

雨上がりのまちで

雨上がりの
かわきはじめた舗道を歩く
街路樹からは
まだしずくが落ちていて
そこだけ濡れた時を刻んでいる

まちに

ざわめきは戻っているが
悲鳴のようなものを
貼りつけたままの空では
鳥が風に流されてゆく

角をひとつ曲がって
あたらしい通りに出る
バスが
走り去ったばかりなのか
停留所には人影がない

いつも
何かに遅れている

そんな想いを抱えて
歩きつづけるしかないのだろう
つぎの雨がまちを濡らすまで

月の舟

しろい紙にみずうみと書いて
しずかに満ちてくる水のうえに
そっと舟を浮かべる
出発と呼ぶには
あまりにもささやかな
地図に載らない場所からの旅立ちだ

すでに日は傾いて
しきりに鳴いていた鳥たちも
どこかへ消えてしまった
湖面をさぐる櫂が
ひんやりした音をたてるたび
影ばかりが濃くなってゆく

灯りのともりはじめた向こう岸まで
渡り切ることができればいいのだが
進んでいるのか
漂っているのか
気がつくと月のひかりに濡れて
きつくペンを握りしめている

蝶の影

菜の花畑のうえを
群れ飛ぶ蝶のなかから
はぐれたのか
はがれたのか
影がひとつ
風にさらわれ
舞い上がりかけたところで

消えてしまった

そのあたりが
出口なのだろうか
(そういえばドアの開閉には
蝶番《ちょうつがい》という金具が使われている)
向こう側へとさまよう想いは
いつまでも空に浮かんで
雲になることもできないまま
見えないものをさがしはじめて

月の夜
ドアというドアから

いっせいに蝶が翔び立ち
菜の花畑のうえを群れ飛ぶ影となる
だれかの夢か
記憶のかけらに
またしても
迷いこんでいる

約束

どこへでかけても
すぐに
帰りたいと言う子どもだった
そのころは
自分の家のほかに
落ち着ける場所を知らなかったから

動物園でも
とつぜん帰ると言い出して
まわりの
おとなたちを困らせた
あれはライオンの眼が
かなしかっただけなのだけれど

シンデレラは
十二時までに帰る約束だった
わたしにはどんな約束があったか
もう忘れてしまったのに
帰らなければという想いが
日増しにつのってゆく

流星群が見えるという夜
窓のない酒場の止まり木で
グラスの氷が溶けるのを見つめながら
遠ざかる馬車のことを考えた

もうひとつの夜

いつものカフェの
いつもと同じ席で
コーヒーを飲み干したとき
外は
すっかり暗くなっていた

ガラスに映る店内には

知らない客ばかり
影のように座っていて
話す声は低く
どうしても聞きとることができない

まちがえているのは
どちらなのか
たしかめるのが怖くて
じっと
だれも歩かない通りを見ている

ひかりが届かないところで
生まれようとするものに

耳をすまさなければならない
今はまだ
かすかなざわめきかもしれないが

冬の言葉

角を曲がると
すばやく立ち去ったものの
気配だけが残っている
今日はほんとうに昨日の
つづきなのだろうか
冬枯れた街路樹を見上げながら
空へと枝先を伸ばしてゆくことの
かすかな痛みに触れる

子どもがふたり
何か話しながら通り過ぎる
耳をそばだてても聞きとれない
遠い言葉が使われているらしい
雪が降りはじめる前の
はりつめた空気が
皮膚をとおして
入り込んでくる

標識に書かれた地名を読む
そこに行きたいわけではないが
つづいている
ことだけをたしかめる

窓のむこうで

窓のむこうで降りはじめた雪が
しだいにはげしさを増して
それまで見えていたまちを
しろく消し去ってゆく

そこでは今もだれかが
だれかといさかいをして

眠れない夜を
迎えているのかもしれないが

まちのむこうにあるはずの道は
遠く海へとつづいていて
そろそろ最終のバスが
夜明けの方角へ走り出すころだ

片隅の席に座る男は
発車してすぐに輪郭をなくし
低いエンジン音だけを
とぎれがちな夢で聞くことになるだろう

海のむこうではじまるものを
視るために必要なものは何か
朝が来たら
あたらしいまちに出かける

氷の世界

こわれやすい朝の
凍った雪を踏んで
そっと足をはこぶ

歩きなれた
駅までの道が
とてつもなく遠く思えてくる

カート・ヴォネガットの
『猫のゆりかご』に出てくる
恐ろしい発明品は

触れた液体をすべて
固体に変えてしまう
というものだったが

きっと
だれかがそれを
こぼしてしまったにちがいない

風のつめたさに
顔をしかめながら
物語のつづきを歩いている

＊『猫のゆりかご』――カート・ヴォネガット作のＳＦ小説。世界を滅ぼす力をもつ発明品「アイス・ナイン」を巡る物語。

CALL

とても遠いところから
声が届く
こちらでは雪が降っています
もうずいぶん積もりました

そのひとの目に映るものを
思い浮かべようとすると

鳥の影がひとつ
森の方へ飛び去ってゆく

それは
ほんとうにあったことだろうか
野の果てのちいさなみずうみも
凍りはじめているらしい

丘を越えて行った狼の群れは
それからどうなったのか
物語のつづきを待つように
通り過ぎる風を聴いている

どこにもたどり着かないまま
音もなく切れて
閉ざされてゆく午後の
送電線のつめたさが耳に残る

夜明けまで

外は雪でしょうか
そのひとは
しきりに窓のむこうを気にして
指のさきでくもりをぬぐっては
見えないものに
目を凝らしている

そこは
入口でも出口でもなく
ちいさな傷口なのだから
ぼんやり灯りが映るガラスを
すべり落ちるひとすじの痛みは
声となる前に消されてしまう

バスはさきほどから
まるで動こうとしていない
何を待っているのか
ドアを閉ざしたまま
運転席に座る影も
しだいにうすくなってゆく

あとどれくらいでしょうか
たずねているのは
夜明けまでの道のりだろうか
それは
たえまなく降りつもるものに
ほとんど埋めつくされているのだが

岩木誠一郎　いわき・せいいちろう

一九五九年　北海道生まれ

詩集

『青空のうた』（一九八六年・詩学社）
『ラヴ・コール』（一九八九年・ミッドナイト・プレス）
『夕焼けのパン』（一九九一年・ミッドナイト・プレス）
『風の写真』（一九九五年・ミッドナイト・プレス）
『夕方の耳』（二〇〇〇年・ミッドナイト・プレス）
『あなたが迷いこんでゆく街』（二〇〇四年・ミッドナイト・プレス）第42回北海道詩人協会賞
『流れる雲の速さで』（二〇一一年・思潮社）
『余白の夜』（二〇一八年・思潮社）第56回歴程賞

声《こえ》の影《かげ》

著者
岩木誠一郎《いわきせいいちろう》
発行者
小田啓之
発行所
株式会社 思潮社
〒一六二―〇八四二　東京都新宿区市谷砂土原町三―十五
電話〇三（五八〇五）七五〇一（営業）
〇三（三二六七）八一四一（編集）
印刷・製本
創栄図書印刷株式会社
発行日
二〇二四年五月二十五日